U0606728

如诗一般

方文山———著

作家出版社

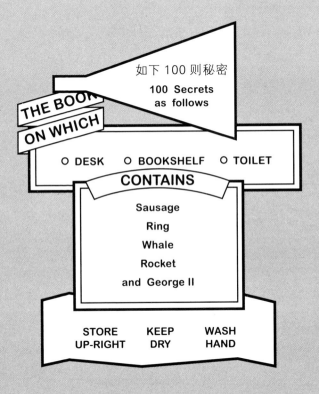

如下 100 则秘密

100 Secrets
as follows

THE BOOK

ON WHICH

○ DESK   ○ BOOKSHELF   ○ TOILET

CONTAINS

Sausage

Ring

Whale

Rocket

and George II

STORE   KEEP   WASH
UP-RIGHT   DRY   HAND

目 录

contents

流文　方
山　　道

诗

在这片疆域里

自成王道

自为流派

关于
「素颜韵脚诗」
以及所衍生出的
种种

　　这篇新书序的题目有点绕口冗长，但就如同我的序名所
强调的一样，这篇序所要探讨的议题，真的就是一堆因"诗"
所衍生出的种种相关话题。接下来就容我一一为读者们解析
与释疑。首先我所分享的是，在我文字创作中关于歌词的这
块领域。刚入唱片圈的时候，我最大的成就感就是，某首歌
词并非我所写，却被朋友问及是否是为我所写的，因为我歌
词创作已具备某种风格，而且让人印象深刻，所以他人同质
性的词作常被误认为是我所创作。也就是说我的某些歌词创
作（特别是所谓的中国风歌词），已自成一派，这对创作者
而言，我认为是好事，这起码代表外界记得音乐圈里有你这
号人物，因为你有代表作，而这些代表作的数量已经累积出

一种风格。

　我所累积的歌词创作已将近四百多首，当然这是指已发表的作品，这些年来创作后却并未被采用（特别是新人比稿阶段），还有还未进唱片圈前的投稿之作，这些也都累计进去的话，应该早已超过一千首。算算进来唱片圈也已超过十五年了，十五年来发表近四百首歌词，其实并不算多，平均一年不过二十七首左右，但或许因为创作风格较鲜明，所以比较幸运地被人所记得。也因为我的本业是流行音乐专业作词，所以在我开始尝试新诗创作时，常不自觉用歌词写作的思维模式去酝酿诗文的意涵；用歌词语法的情绪造句去耕耘诗文的肌理。当然，最鲜明的影响莫过于韵脚的极端使用，我在诗文中使用韵脚的频繁或者说依赖度，已经跟歌词作品不分轩轾。姑且不论新诗诗文所应具备的深度与广度，光论字形行距的排列，与歌词的最大区隔便只在于段落间的长度不一致，且诗文内的遣词用语并不口语化而已，除此之外，你很容易将这些新诗（素颜韵脚诗）与歌词混为一谈。

　我所创作的韵脚诗，因大量使用韵脚之故，其诗文间段落分明的韵脚，极具声韵之美。当然，若以另一个角度去审视这些韵脚诗，也会让人疑惑而无从归类，它到底算是诗，还是歌词，或是广告文案？之所以如此，我以为或许是因为现代诗抛弃旧体诗（古典诗词）的韵脚结构太久了，突然有人重新把古典诗词所必备的创作要求"韵脚"拿回来重新使用，短时间内当然会让人无法适应，也不习惯如此的创作形式，更也不知如何给予定位。在现今的文字创作类别里，我个人以为新诗与歌词根本就完全是不同领域的文字。新诗是文学，歌词是音乐，听惯偏口语直白歌词的人，会觉得新诗隐晦艰涩难懂，而喜欢新诗的族群，是怎样也不会认同歌词作品可跟新诗一样被归类文学类别之一。那到底新诗跟歌词该如何区分，其间的创作分野又是什么呢？又或者创作歌词跟写作新诗有何不同呢？

在我认为，无论是从创作动机，或创作形式，以及对这世代不同的影响力，歌词与新诗这二者的差异与差距非常的大！就影响力而言，诗是寂寞的，因为诗没有像歌词那么幸运，生对了年代。歌词伴随着音乐，再透过这世代的影音产品与网络媒体，形成一个极为有效且迅速即时的传播力量，甚至可说是无远弗届地渗透进每个领域；如上班开车、在电脑前工作、逛百货商场、KTV 庆生，甚至是大型活动与庆典时，你都能听到音乐，也同时间接接收到歌词。这提供歌词生存的音乐产业链非常完整且成熟，但诗却只能被动安静地躺在书局架上等待有缘的文青去翻阅它。就承载的媒介而言，歌词非常强势，而诗却很寂寞！

　　除了承载歌词的音乐产业非常庞大，诗根本无从与之抗衡，再来就是诗创作的动机也是它寂寞的因素之一。因为我们词人所创作的词作品，非常清楚是为唱歌与听歌的人服务，所以我们会为歌手量身定做歌词，会观察现今社会流行语，将之写入歌词，还有歌词关注的题材通常较狭窄，但对听众来说却很实在，因为我们关心他们所关心的事情，歌词内容绝大多数不外乎爱情、亲情与友情，而这正是大多数人能实际感同身受的真实生活。再加上歌词能透过电视、广播、KTV、网络、演唱会等被人所聆听与传诵，进而形成某个世代的共同记忆。而诗创作时的动机，通常都是诗人对某事物有所感触时，当下提笔即兴式创作，或日后细细酝酿成诗作，这些诗作都是为诗人个人的情感服务，诗人以诗来缅怀过去、针砭时事、倾吐乡愁或传递爱恋。我们可以这么说，你可以从诗文内去窥探作者的内心世界，因为这些文字作品往往能第一时间反映出作者的潜意识，有时甚至可一窥作者的感情隐私。但这些属于诗人极端个人的感触，却不一定能被外界第一时间认同并且了解，然后再被大多数人传诵甚至流通，除了个别被放在教科书里那些教材诗外，多数人对于诗作很难取得一个共同的情感记忆。

　　新诗是很主观、很个人的，也许拿掉诗名题目后，你可能第一时间无法看懂它所要表达的意思。因为，诗是为诗人

服务，但诗人自身的经历，并不是所谓的通俗价值，而且再
加上诗作远较歌词隐晦、暗喻，这就更让一般人无法进入诗
的世界，进而感同身受。但我们词人的词作品是为他人服务，
一般而言，我们都是被动式写作，某程度上像工厂，有订单
来才开始动笔。当歌手开始收录新专辑词曲时，当唱片公司
企划部门给出歌手定位时，才开始为专辑与歌手量身打造歌
词内文。甚至在进行创作时还必须考量让歌词内文符合所谓
的"情感的最大公约数"，也就是最多数人会遇到的情感状
态（如三角恋爱、背叛劈腿、情感暧昧、缠绵热恋等），最
适合写成流行歌词。而这专属于歌词的通俗共鸣性是诗作无
从比拟与仿效的。就像朋友间相互庆生时，毫无意外地，大
家都会选择在 KTV 唱歌同欢，但恐怕不会有人选择在家拿
本诗集朗读，借以同乐。

虽说在这个年代，歌词的通俗影响力远较新诗来得深远，
但大多数歌词作品却还称不上是文学作品，充其量只能说是
文字作品。歌词虽然浅显易懂，却也没有文字咀嚼的空间与
阅读时的文字张力，但诗作有一定程度的文字魅力，所以诗
虽然小众，却还是可以结集成书，在书局里我们可以买到诗
集，却买不到歌词集，歌词通常都是搭配简谱或五线谱而出
版的工具书。但也因为诗集就阅读市场而言很小众，实体书
局渠道与网络书店上的文学类畅销排行榜前十名，几乎不可

能常态性地出现诗集。也因此，诗人只能是一种身份，从来就不是一种职业，不可能有哪个诗人，一年出版几本诗集，然后衣食无虑，专职从事新诗创作。诗人们通常厕身在各个工作领域，他可能是学校老师、杂志社编辑、广告业的文案或是公家机关的办事员。但我们词人，因为音乐产业的完整与成熟，可以是一种货真价实的职业类别！

当然，某些诗人的作品偶尔也会被拿来谱写成歌曲，如席慕蓉的《出塞曲》(蔡琴演唱)、郑愁予的《错误》(罗大佑演唱)；也有些词曲作者的歌词作品，具有新诗的文字张力，如陈珊妮、张悬及陈绮贞等歌手的某些歌词作品；甚至也有诗人跨行填写歌词，如夏宇与陈珊妮合作的经典名作《乘喷射机离去》，就堪称是近年来将新诗歌词化的经典，内容可说是后现代主义的新诗佳作，就算得到当年的金曲奖也当之无愧。

那怎么样才算是一首好的歌词呢？如果纯以作品的文字意涵与文字本身用字的精准来讨论，不考虑文体专业适用性的话，几乎绝大多数歌词文字内涵都比不上新诗。因为歌词词意通常过于口语单薄，有些歌词甚至平铺直叙到令人触目惊心的地步，某些填词者完全不用心经营歌词美学的想象空间，其文字内容上的遣词用语，有时还比不上一篇国中生的日记，着实让人不忍卒读。不过，这也是歌词的专业适用性，它是为了配合旋律格式而存在，所以也局限了此种文体的发展。相较之下，新诗的格律几乎不受限制，挥洒的空间极大，诗文内容较饱满，意涵丰富，气象万千。

接着我们回归文学层面来看，歌词诚如上所言，甚至并不能称为文学创作，当然个别优秀的词作，其文字韵味与词意内涵比起新诗也毫不逊色。大多数歌词一旦脱离旋律单独存在，其文字张力便受到严苛的考验，这时候在没有音乐旋律的支撑下，还能单独被欣赏的歌词，并因而产生出阅读的兴味来，便是一首佳作。但一般人们在讨论歌词作品优劣时，往往很难不受音乐的影响，所以，有些音乐奖项的"最佳作词"是颁给搭配"最受欢迎作曲"的词，那是因为旋律的渲染力已深植人心，间接会让人因而激赏或注意起与旋律搭配的词。"最佳作词奖"的名称，如改为"最受欢迎作词奖"或许较为贴切。

其实，要论断一首歌词的好坏，个人以为应该要看你评选的标准在哪里，你要的是什么，如只纯粹讨论文字本身的内涵与写作技巧，把歌词提升至文学作品来讨论，着重在其主题所涉猎的深度与广度，那么部分音乐奖项的"最佳作词奖"便不那么实至名归了。但歌词真能如此单独论断吗？

当然不行，歌词是依附在旋律下的一种文字创作，就像没有拍摄成电影的剧本要如何报名"最佳编剧奖"呢？歌词也一样，如就文字论文字的话，几乎大部分歌词的深度都不是新诗的对手，如此一来可能会产生一种结果，也就是一首名不见经传且旋律音乐性极差，甚或词曲搭配度有严重瑕疵的歌词，只因词意有深度，具人文关怀色彩，而抱走最佳作词奖。那恐怕也会引起争议。毕竟流行音乐是种纯商业形态的产物，作品必须经过市场的洗礼与考验。

个人以为，评论一首歌词作品的好与坏，其间的取舍标准，实很难下一个放诸四海皆准的检验方法。或许最恰当的方式，应该是先挑选出具市场知名度与一定销售量的最佳单曲，然后再从挑选出的入围作品中，遴选出最佳作词，如此或许就能同时兼顾歌词的商业特质与音乐性。当然，如此的建议也不免失之客观了，因为那是我个人主观上的认定，仅供参考。

虽然，歌词本身的文字张力与视野不如新诗宽广，但这并不表示歌词比新诗好写，其实恰恰相反，很少有诗人能成功跨足歌词领域。因为歌词是种受限制的文字，而诗是自由的，彼此间的歧异是相当冲突的。常有人问我是先有词还是先有曲？其实就整个唱片圈的生态运作来看，除了词曲创作

来自同一音乐人的情形不算之外（因为他可以边谱曲边修
词），绝大部分都是先有曲，再填词，所以作词也叫填词。
像我与杰伦搭配所创作的专辑，都是先有曲再填词。因为既
然是流行"音乐"，还是以音乐为主，词是用来强化包装旋
律，提供旋律的想象画面。如照字面上解释，"填词"顾名
思义就是将适当的字句填进现有的旋律中。

大部分的时候，唱片公司的制作部门在确定好音乐后，
会发稿给填词人填词，然后再跟填词老师沟通词意上所需表
达与传递的意境或情绪为何、演唱歌手本身的特质是什么等
等。此外，填词还常用比稿的方式进行。于是乎，你必须在
指定的时间内，依指定的词意方向，将文字填写在已经固定
无从更改的旋律段落上，遣词用语不能太老旧，文字的想法
要新，还要顾及韵脚段落的使用与歌词咬字发音的协调，这
中间的分寸拿捏不是那么简单。而且最重要的是，你还要想
出一段既能朗朗上口，又兼顾创意有记忆卖点的副歌歌词。
一首好的词，有可能是经过一版、二版的修改才定案，我就
曾经一首歌写了五个版本，最后才在比稿的厮杀中脱颖而出。
由于你写的歌词是在比稿的状态下进行，所以，也很有可能
被退稿。万一不幸被退稿，就意味你绞尽脑汁写出来的歌词
文字将变成废纸一张，因为它并不能转换为任何有意义的报
酬。填词的特性是写出客户指定的东西，是相当专业的工作，

而不是文学创作，它是个淘汰率极高的行业。也因此，虽说诗词本一家，但因歌词的写作特性，反倒会让以自由创作为主的诗人不适应。

填词是我目前极为热爱的一项工作，但我从来就未曾忘情新诗，写作诗文时的自由空间与完全不受拘束的驰骋挥洒，是我这桎梏已久的歌词文体所钦羡的。虽说填词多数时候为被动式写作，但也不能武断地说填词就是一项银货两讫的工作，而不能是文字创作，有时你还是能在受限制与规定的条件下，创造出自己满意的作品，而这就跟填词者本身的文字掌握度有关。我通常遇到自己也很喜欢的旋律时，就会把它当作是创作而非工作。这时我就会变成一个用功型的填词人，会根据旋律特性与编曲方向去搜集相关资料与素材。所以，有些人会说我写的词充满画面感与故事性，那当然不是凭空杜撰出来的，而是我把填词当成电影剧本般地去考据与创作。

接下来浅谈现代诗的困境，这困境是我以词人的身份去评断的，因为角色位置不同于一般真正的诗人，因而或许有其参考之价值。诗词在中国古代是文学创作的主流，文学创作大致上可区分为韵文与散文二种。散文泛指一切不是韵文的文字创作（所谓的章回小说迟至明代才成熟），只要是不讲究音韵，不讲究排比，即为广义上的散文，如《论语》、《老

子》、《墨子》、《庄子》、《吕氏春秋》，还有《史记》、
《汉书》及《论衡》、《水经注》、《洛阳伽蓝记》等等都
是。韵文则指在文字创作上有一定形式之平仄、韵脚，与段
落对仗等要求，这其中《诗经》、《楚辞》、汉乐府、唐诗、
宋词、元曲等皆归类为韵文。古代骚人墨客大量借由这些诗
词创作来抒发情感、针砭时事，或记录生活等。但在近代，
文学主流是小说、散文，次要的文学载体则是结合图像的文
字作品，如旅行札记，或结合音乐的文字创作，如某些流行
歌词等。诗在现今这个时空背景下，被边缘化得很严重，于
是乎，"政府"有关单位才有所谓的"复兴新诗"之倡导。
但诗的读者群，悲观地说，大概等同于创作群，也就是几乎
只剩下本身有在从事写诗、创作诗、出版诗集的人，也才有
兴趣去阅读他人的诗作，或实际上付诸行动去购买诗集。

　　现代诗（新诗）之所以落寞至此，归纳其原因当然很多，
但我觉得主要因素有两个，一是诗在以前是有创作要求与规
范的一种文学载体，如平仄、对仗、韵脚等。但在现今社会，
诗抛弃旧有创作规范，写作形式被彻底自由化后，它反而变
得不易辨认，到底什么形式的文字才是诗，什么样的文字结
构才能被称为诗，诗的文体认同度不高，况且某些散文诗的
文字结构松散，段落冗长，完全失去阅读诗的乐趣，造成读
者的接受度低。二是有些诗人为了显现自己对文字的掌握与

熟练度，常以极其隐晦与抽象、不易在第一时间做出解读的方式在创作诗，或挑战诗，如此常造成读者的阅读挫折，无法进入作者的内心世界，也因为诗的形式不普及、不庶民，甚至被冠上文字上的贵族游戏，让读者们慢慢对诗敬而远之，最终索性放弃诗。

但吊诡与矛盾的是，若不以上述形式创作诗，诗文的结构定义不明，新诗又会变得没有存在的价值与必要。再则现代诗作的内容与一般人的生活无关，缺乏互动性与娱乐性，与所谓的通俗文化几乎形成平行线，难以交集。因为诗不像小说，有清楚的故事线与人物性格可供休闲式的阅读。诗，它需要读者自己去解读及消化诗的内容，而不同的人去解读诗作，常常会有不同的解读空间，较不易形成共识，这在读者的情感上不易交流。不像小说，你会为了剧中人物的故事或悲或喜，情感上有参与感。也因此，如要复兴现代诗，或许就必须以现代人所熟悉且习惯的生活方式去推广现代诗，以流行通俗的形式扩大对诗的参与度，先求量，再求质。

诗，就文学载体而言，在现时的时空背景下，是个"很特别的存在"，诗集销售数字就整个阅读市场而言，并不高！或者说不被重视，真正常态性读诗的人，占人口百分比非常低，平均一人一年阅读不到一本诗集。但各艺术领域对诗却存有一种浪漫的绮想，以及把诗作为极致美学的代名词。譬如优秀的室内设计师，我们称之为空间诗人；杰出摄影师，则冠上光影诗人的封号，表现突出的当代艺术家，甚至被尊崇为诗人艺术家。同时在艺文界，被称为"诗人"是一种文学地位的精神加冕。再则如果风景秀丽，我们给予的最大赞誉便是说它"如诗一般"。诗，就是如此"很特别的存在"于我们的生活之中。虽然现代诗 (新诗) 在文学销售上，不如小说，在通俗影响上，不如歌词，但"诗"也被我们普遍认同能变化气质，提升生活质感，并被赋予及联结成任何艺术形式的象征，而这也是"复兴现代诗"的契机。诗，在美学价值上的无可替代性，是一个"很特别的存在"。

走笔至此，我想回归到此本诗集"如诗一般"的书名讨论上，到底什么是"素颜韵脚诗"？！我想我有必要在此详尽地论述"素颜韵脚诗"是何种写作文体，我处心积虑所推广的"素颜韵脚诗"到底所指为何，创作此类诗作的缘由来自哪里，而这里所谓的"素颜韵脚诗"其写作格式与我所擅长的歌词创作差异在哪儿，还有又为何要命名为"素颜韵脚诗"等等疑问，做出一个总结！因为我觉得除了发表新创作的韵脚诗外，也有必要将这一切的缘由再做一个解释与交代。

因个人极重视在诗文中留下如传统山水画的留白，因此，也顺带养成了在文章篇幅的段落与字句间使用空字、断句的写作习惯，在诗作上从不加标点符号，也不喜欢在内文中掺入英文、阿拉伯数字等其他文字符号，有些刻意想维持诗作文字的纯洁度。诗作内容的铺陈，首重故事与画面的经营，文字犹如电影般上映着；最后的高潮或重点，多数诗作均刻意设计落在诗文的最后一行，甚或最后一句片语。还有我习惯纯以诗句间的断句分行来强化阅读时的文字张力，对诗句排列偏执地要求需有某种秩序，认为诗文排版上的画面感也是诗的一种形式。不习惯也不擅长创作散文诗与长诗，偏爱短诗里那种短短几行却令人震撼省思的文字张力，以及段落起伏间让人惊艳的文字韵脚美。综观个人诗文语法类型的独特性，称之为韵脚诗、歌词诗或戏剧诗，亦无不可，当然，这或许是一种一厢情愿的说法。

那我所提倡的韵脚诗与我所写的歌词到底有何不同呢？怎样的遣词用语才能被称之为韵脚诗呢？又怎样的语法造句被归类为歌词呢？一言以蔽之，这些"素颜韵脚诗"与流行歌词最大的共同点即是它们都相当注重韵脚的使用，或者你也可以说我曾创作的那些歌词作品是加了音乐的新诗，而韵脚诗则是尚未谱成曲的歌词。当然这只是很粗糙简单的二分法，而且除了韵脚之外，这二者的差异非常的大，最明显的差异是，歌词需有重复句子的使用，特别是在副歌的第一行，因为流行音乐的歌词需要有文字记忆点，但大多数的韵脚诗内文，却尽量回避运用重复相同的句子。除此之外，以下我就概括性地说明韵脚诗与歌词间之主要差异为何。

对我而言，韵脚诗与歌词存在着如下三个基本差异：一是"歌词段落"，韵脚诗间的段落差异甚大，如《半岛铁盒》长达二十四行，《醒不过来的喜欢》却只有六行。因为诗的写作不需迁就音乐（曲），它可以恣意地长成任何它想长成的样子，但歌词不行，填词必须与谱曲配合，一个字对一个音。也因此，歌词段落一般均介于十六到二十四行间。二是"韵脚断句"，韵脚诗的断句参差不齐，也是因为它不需要配合曲的架构格式。而流行歌词主要分主歌与副歌两大段落，每个大段落又可分为前后两个段落，即 A1、A2、B1、B2 四个段落，这其中 A1、A2 与 B1、B2 的旋律与和弦基本上是一样的，也就是前后段歌词的字数段落是相同的，故歌词前后段的韵脚断句须一致，文字才能对上音符。第三个则是"人称代名词"，流行音乐主要作用于情绪的宣泄，音乐（曲）必须能打动人心，文字（词）必须能引起共鸣，才可以给予听歌与唱歌的人一种情感上的寄托。因此，必须让人清楚地知道这是为谁而唱的歌，是为自己的遭遇？为假想的情节？或他人的故事！

也因此，歌词中一定要有所谓的人称代名词（你、我、他），否则唱歌与听歌的人无从寄托与想象歌词故事里的对象为谁。但韵脚诗并没有这层顾虑，它纯粹作为一种文字作品欣赏，由阅读的人去咀嚼与消化其字里行间的意涵，诗句中可以完全没有人称代名词，如《佛经里的茶渍》与《英雄冢》通篇没有一句你、我、他。当然，以上这三个区分韵脚诗与歌词的方法只是指创作的格式，其诗句与词意的文字经营，就要看创作者个人的文字功力与创作诚意，也有可能虽名之为诗（韵脚诗），却写得比浅显的歌词还直白，因为就一般的认知，新诗对词汇深度之要求要比歌词来得高！

再来要说明的是，"素颜韵脚诗"的基本写作格式。主要有三种规范：一、"直式写作"，但这条仅具鼓励性质，并不硬性规定。例如因应大陆的印刷与阅读习惯，个人简体版的诗集均为横向排列。我之所以鼓励"直式写作"，乃因中文为世上少数以直式记录的文字。虽因近代受西方影响，在台湾，某些书籍印刷已改为横直皆可，但个人却以为"直式写作"才能衬托出中文书写的美感，故极偏爱这种具民族特色的写作形式。二、"素颜格式"。素颜为日本所创制的汉字词汇，其原意为素着一张没化妆或仅着淡妆的容颜，我在此将它引申为诗作格式是纯文字（汉字）的形式，也就是素着一张纯汉文的脸，强调内容不夹杂其他文字（如日文、英文等）或符号（标点符号、阿拉伯数字等）。还有诗的分行与断句，均不以标点符号注明，而改以空格代替。三、"韵脚段落"，强调保留古诗词中的韵脚结构，但不讲究平仄与对仗，亦不需句句押韵。如歌词般使用韵脚创作的新诗，因韵脚声律之故，阅读时自然会产生一股节奏感，而这种节奏感在听觉上是很讨喜的，或者严厉点说是媚俗亦可。其实，文字行进间有音乐律动的辅助，亦可帮助背诵与记忆，最明显的例子，莫过于古诗词的背诵，相信绝大多数的读者纵使离开学校多年，但一定程度上都能轻易背诵出几首唐诗与宋词来，但要你硬生生背诵出一整首新诗，却非常困难。因为古诗词有平仄、韵脚，与文字或段落间的对仗可供背诵记忆，但新诗完全没有这些可以辅助记忆的听觉元素。

　　最后，到底要如何定义"素颜韵脚诗"呢？！此一专有名词是指诗风抑或写作技巧呢？如以传统概念中的新诗流派来定义的话，我以为"素颜韵脚诗"并不能被视为一种流派，正确来说"素颜韵脚诗"只是一种写作诗的格式与技巧，其创作之方向及题材并无限制，勉强近似源于欧洲中世纪的"十四行诗"，或日本五、七、五音且必须有季语的"俳句"，这些诗作都有其一定约束与规范之创作形式。但如果强调素颜、韵脚，短诗形式等创作元素可被视同一种流派的话，那么"素颜韵脚诗"无疑是一种辨识度极高、旗帜鲜明的新兴新诗流派。我始终以为"素颜韵脚诗"是流行音乐盛行的这个世代自然孕育出来的创作需求，虽然它不见得会蔚为流行，或受到诗界的关注，因为它还存在着一些争议，如某些诗作为了韵脚而韵脚，或让诗因过度强调韵脚而类歌词化，这些疑虑一直是存在的，但我想一种全新的创作模式，从无到有地被建立，本就有一定的难度，如果此创作形态没有存在之必要与需求，也会经不起时间考验，自然而然会被淘汰，但如果此种创作被需求，它也自然会留下来。所以，也不必急于消灭或否定。最后，源自于我职业背景为歌词创作所衍生的小小使命感，则是在自身能力范围内将这个创作格式做最大的推广！让新诗在加入韵脚后变得比较亲民，比较讨喜，比较通俗流行，而这也是我继续创作"素颜韵脚诗"的最大动力来源！

方文山

于台北寓所

我

当然可以写一些不押韵脚的诗

只是文字不够媚俗

怕他们不爱读

chapter 1

玻璃破碎后　你是

拍打着　地上

唯一

还在呼吸的谎

壹

醒不过来的喜欢

回游在鱼缸　要怎么数羊

我一直深陷在那些美好的过往

溺毙的鱼　自行捏造对水过敏的想象

醒不过来的梦　该死的冗长

玻璃破碎后　你是　拍打着地上

唯一　还在呼吸的谎

还爱你

不是付出不够多　而是　不公平

而是　你的微笑始终不透明

逐渐膨胀累积的阴影

被削尖成　一句句　无情

像箭矢般　不停不停　在伤害爱情

亲爱的　那些带着血恶狠狠射伤你的声音

其实　都先穿过我的心

接下来这几行

那些过于丰腴的承诺

纵使加了盐　也无法风干

你一而再　再而三

还在持续输血自以为的浪漫

加了洋菜的光　凝结后

不再前进的时间　到底长什么模样

你一直试图在拼凑当初

我还爱你的　形状

终将涉水而过　此刻

彼此心理的距离　实在太远太宽

你继续以为　继续想象

我们的故事怎么写　接下来这几行

但亲爱的　我人已经在对岸

今后　不论在什么地方

我的梦　不归你管

三角习题

从来就不只是伤心　那些细微如针头落地的声音

确切的名称　或许比较接近　你我已被刺穿的坚定

等边的三角形　等边被扎伤的　爱情

爱的表白

用白纸黑字形容花开　这一封冬天等你来拆

嘴角边的雪融化得很快　很意外

我那些说出去的话　是再也　白不回来

离婚协议书

该　怎么　续杯

　　那在心中摇晃了一整个下午的谁

　　是否将爱往水平面倾斜

　　杯沿就能换成　她的嘴

在备受压抑的　那一页

　　冷掉的咖啡　像情绪般无法被消灭

　　只是　我对交出生命的感觉

　　还是坚持　坚持用手写

键盘上的　十二号细明体

　　正在对这段故事下结尾　急于盖章签约

　　印泥渗透进纸的纤维

　　原来再怎么细心隐藏的牵挂

都　带着血

极其迷恋

我笔触　极其熟练地写下

一些　模棱两可的解释

以极其取巧适合听觉的方式

镶嵌入极其讨好的　位置

一首　极其廉价媚俗的诗

以极其揶揄的　样子

极其　嘲讽着　我的网志

于是　我极其厌恶地拦腰横砍

那些有韵脚的　文字

我那极其失衡　又支离破碎的心事

竟还在血肉模糊中　极其迷恋

你的　样子

如果悲伤可以快转

将慰藉埋入电视墙　然后不停不停转台　寻找幸福感

加了几个小节的鼓点　随拍子酝酿　期待微笑会被

　　拉长

瞬间熄灭的百货橱窗却将所有仅存的想象　全部

　　关上

接着我把整架钢琴融入月光　开始搅拌烹煮　不再

　　新鲜的浪漫

一二三四五六七　我开始数羊　黏稠的梦吞下所有

　　现场

房间内　被完全净空的墙　只剩下　你的影子在快转

最后我呕吐出极其微弱的灯光　你的背叛　也因此

　　来不及分场

小小声

走失了一声喵　所有的梦开始潦草

转身后　城市暗巷顷刻间　铺满了桥

而你离开前那枚最后的撒娇　我一直试图打捞

如今　梦　模糊到只剩下了线条

船搁浅在人行道　迟来的悔恨被祭拜成一座庙

筊杯后　泪刹那间　溃堤成潮

听　远方漫天飞舞的　不是民谣

是你　呜咽啜泣　小小声小小声的心跳

像猫

流 星

偶像剧里的对白说　当然是用来　许愿

而我却认为是用来幸福　与你一起看到的这个画面

但是　他们说　这样的文字太过浅显

于是我开始寻找相同韵脚　并且有关于爱的字眼

永远　笑脸　誓言　以及依依不舍的再见

原来　那段烟雾弥漫的从前　一直燃烧不完全

半岛铁盒

凌晨　街上自动贩卖机　打了个哈欠后　呕吐出咖啡

　　饮料

一只出来溜达的猫　悄悄穿过　铜锣湾的街道

一定要红茶　你说　否则　拒绝穿上外套

早上九点　双层巴士　邂逅站牌后离开荷李活道

猫精力充沛地在对一张　装过小笼包的纸袋　骚扰

不行　你开始吵　这一家没有你要的包包

下午　中环地铁　电扶梯每隔几秒　又换一批裙底

　　偷窥

猫自顾自不理谁　人群有种不被尊重的　感觉

如果累　就坐的士　你理都不理的回绝

傍晚时分　福建话在点广东粥　大排档在烹调庙街

猫疲惫了　像尊石狮蹲坐墙角　只是没有人把它当真

　的石狮以为

就像电影情节　你的脾气又上演了　一回

华灯初上　只有兰桂坊的霓虹知道　酒什么也解决

　不了

猫开始心浮气躁　为什么没有卖猫回家的　车票

你　露出一整天唯一的笑　好可爱的猫

一盅两笼的港式饮茶　这话题绕着餐车　聊得很无聊

你持续地喂食撒娇　用铅笔素描将我画得　很饱

只是　亲爱的　我的表情并没有　在笑

而且怎么样　我也吃不惯　猫饲料

买单后　港岛沿岸好几栋玻璃帷幕的地标

再怎么累　也要垂直得让人家看得到

我却　非常非常水平地　累了

我用疲倦垂钓　夜色在试探九龙半岛

铁盒里装着一整晚的　香港情调

打开半岛铁盒　突然　突然开始讨厌　猫

之　前

猫的舌尖　终于尝出了从前

一条南太平洋的鲫鱼却不再新鲜

一条笔直的时间　在鲫鱼头骨前

紧急转弯后绕到我后面

警告我的蹲姿　有些危险

原来所谓的誓言　永远不会是一直线

在抵达目的地　之前

没有绝对的　安全

腊月生

什么雪白的吻　冰冻的泪痕

还有零下的　心疼

厌倦了　再用文字美化

所谓晶莹剔透的　人生

有时　就只是想单纯

想单纯地　说一句

还真是　他妈的　冷

我那浅显易懂的心事

于是我开始　每天为你写一首诗

就像蒲公英的种子　随风飘向陌生的城市

蒲公英无从选择　会在何处落地的这一件事

而我　也无从得知　要多久才能遗忘　你的样子

殉　情

被完全浸泡的脑前叶　开始浮肿它的自以为

那天的那些分类　譬如眼泪　伤悲　以及崩溃

也终于慢慢　慢慢地还原为　那坚定不移的　后悔

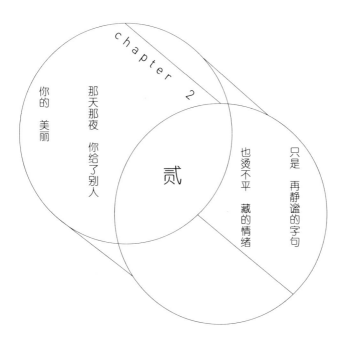

chapter 2

贰

你的　美丽

那天那夜　你给了别人

也烫不平　藏的情绪

只是　再静谧的字句

一截燃烧中的美丽

是的　烟雾只是更清楚了回忆

习惯性的点烟　也只是想维持完整的自己

沉默不主动联系　是我唯一仅存的叛逆

只是再静谧的字句　也烫不平隐藏的情绪

那天那夜　你给了别人　你的美丽

虚构的秘密

俯视针叶林　就必须　相当接近丘陵地

湖面　掠夺而去的鱼鹰　带走一部分的日记

这过程谁受了委屈　我停下了　我的画笔

带着普罗旺斯阳光的少女　在画框里　很具体

一点也不抽象的野溪　此刻显得很翠绿

法国南部的雏菊　继续　被象征下去

调色盘上我尽量不用　哲学式有论述空间的字句

让庄园翠绿　让阳光与度假的想象没有差异

我继续动笔　继续在画框外　试图垂钓

关于你　的美丽

舍 去

誓言晶莹成舍利　需要累世多少回忆

我真的害怕来不及累积　爱你之外的舍去

草原上的风继续　青春不断在长成秋季

当生命落尽　冰封大地

纯白而又锋利的　岂止是过去

于是　我将泪滴密封在琥珀里

透明着　永不老去的　爱你

佛经里的茶渍

骤雨　尽敲木鱼

灯火汲汲　将月色悉数攫取

墙垣如缕　历史袅袅升起

千年前的禅寺　竟可以　如此具体

古刹一曲　景色被抹了茶绿

伊人回忆　被探了底

天色如洗　多少青楼烟雨

惹了　士大夫的笔

行云流水般的断魂

刀　一出鞘的回声　尚嫩

只闻　纵马而掠后的泪奔

待一回神　那狂草如雨　句句饮恨

总归一扫红尘　席卷后又有谁跟

这一路上抖落的　又有哪件事不真

笔锋偏冷　不得不燃烧一生

溶了一世的等　我用情极深

　行云流水般的　断魂

第六封的快乐

累积三只从不飞行的蜻蜓　换一条蛇

累积五条从不弯曲的蛇　换一只　白鸽

再累积十只　从不展翅的白鸽　换一个快乐

于是　你放弃　一百五十只不会飞的快乐

收集三片从不下雨的天空色　换一条河

收集五条从不流动的河　换一个音乐盒

再收集十个　从不旋转的音乐盒　换一个快乐

于是　你舍不得　放弃一整片的天空色

只为了　你自己一个人的　快乐

亲爱的　去哪里累积与收集 从不抱怨的苦涩

单位是一朵　二叶　三株　四棵　还是五个

你拆开了　第六封选择　身体开始像弯曲的蛇

不停旋转与流动　像不顾一切的飞行般　在天空

　唱歌

回归生物本质

是生肖属猴　还是生性似猴　一开始就跳过解释的

　　步骤

接下来　已经缺乏动人的理由　好让诗句温柔

露趾的细高跟鞋　随时可以找到雄性的烟火

用餐速度以单身经不起诱惑　那样的自由

正确地说　是一连串剥开螃蟹的声音　让技巧成熟

餐桌上　一盘生蚝急着为杯盘狼藉　提供线索

省略掉　耐心涂抹的指甲油　以及用餐前确认彼此

为朋友

此刻　炭烤一碟挥霍　也不过是买单前礼貌性的啰唆

新鲜的食材　正集体互相催眠　并且互相要求

不过就是直接吃下烤肉　过一段没有预约好的生活

生蚝　螃蟹　与炭烤的牛肉　怎么能不配上冰镇后的

　借口

他们一直在体内储存野外繁殖的基因　开始回归猿猴

雁门关

漠北晨霜　薄而锋利地将庄稼　割伤

这塞外　连行走的风都　语带剽悍

旌旗猎猎　麦田摇晃着不安

几世轮回的鏖战　屡建屡毁的长安

匈奴　突厥　女真　契丹

雁门城下的青石板　被覆盖的江山

一层又一层　堆积出厚厚的　沧桑

汉军正以血努力清洗　几代人的悲欢

连魂魄都镇守城墙　归不了乡

雁门关　在善本书上　倒是读过几行

据夫子说　在遥远而寒冷的北方

只是　马蹄声声声乱　到底是什么模样

烟雨江南　持续浸泡在一壶茶中　偏安

匿　名

第六张书签　以及跟猫相关的画面

我用透明的玻璃瓶收集　这些

只有我们才知道的　从前

口袋里的温暖　适合在心里默念

在生肖属马的那一年

在黄昏即将属于黑夜的海边

你　扎着马尾巴的侧脸

清秀得实在　太明显

那年　连续七天　匿名的花与卡片

卯 兔

某只草食性脊椎动物　路过　殷商的文物

甲骨文中的卯　以拟人化的姿势　跳舞

我们换算出　生肖对应地支后的一只　卯兔

以及　我对你的　轮回几世的　爱慕

入 墙

枫红　微凉　时间仿佛放慢了往返

回忆在宜人的气候里发酵　酝酿

于是我们盛满　属于这季节的　幸福感

卡片泛黄　故事于是有了某种触感

这字迹里的一句一行　完整了一段过往

入秋后　思念的藤蔓　已牢牢　牢牢地入墙

上善若水

接下来　开心以很粗糙的方式

像一首还没裱褙的　新诗

也因此　被重复检验的心事

已经无法　自室内移植

这第二大段必须是关于这整座城市

某种　能轻易判读的姿势

让故事在行进间　显得很精致

是需要累积　才能对飞行做出解释

但　有些开心却无法找到相对应的知识

如同说故事　要以文字以外的形式

如此　真相才不会被排斥

不规则交叉　的纸纤维

如同　不完美才能是世界

在这里有些用语　可以很零碎

可以不明地暧昧　多些想象的细节

而我最终却在纸上　具象而直接

以行楷书写　上善若水

无以名状

要用多少渴望的情绪酝酿　才能描绘出一路延伸的

　形状

而谁的决定如此鲁莽　这影子从此被固定下来播放

树荫终究还是缺乏想象　从此远方　也只是出现在

　纸上

它们在处理抿嘴唇的地方　叙述的手法太过包装

文字已退化成习惯　只是用笔画在计算　要多少距离

　才叫流浪

继续流浪　继续直线前进的　竟都明显地在慌张

那些从未报备的转弯　却有一个轮廓清楚的　方向

在这最后的三行　继续流浪　只是对于远方

已经缺乏想象　但还是极其压抑地被培养

原来所有的主观　都近乎　无以名状

英雄冢

纵然　将军所面对的朝代为　泱泱盛唐

这酒肆里的绣花鞋　却令江山如此委婉

胆还悬在梁　檐外那枚　楚腰纤细的夕阳

却已沉入　伊人深闺里的染坊

酒招旗　剽悍地晃　也野不过红颜回眸一闪

该是刀落的客栈　却任由一张宣纸　在鱼雁往返

提笔的手　也还不够力悬腕　诗却已初露锋芒

　汉字　竟可以　如此细腻地　儿女情长

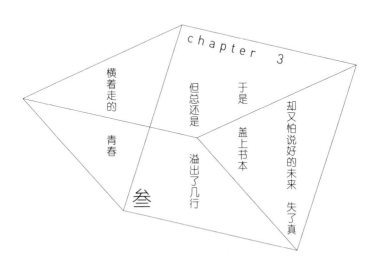

chapter 3

横着走的

青春

但总还是

于是

盖上书本

却又怕说好的未来 失了真

溢出了几行

叁

横着走的青春

用铅笔仔细描绘出纸上的我们

框框里　好多等待填空的人生

却又怕说好的未来　失了真

于是　盖上书本

但总还是　溢出了几行

横着走的　青春

很轻　很好听

浓郁香醇的颜色　可以是风景

青春与记忆　当然也可以是一种声音

于是一路上的微笑　像极了蒲公英　很轻

我闭上眼睛　午后的风　在享受着旅行

年少时的秘密　绕过屋顶　路过森林

原来　曾经的叮咛　停下脚步时　很好听

梦不需要　清醒　一如云不需要　边境

生命继续热情　而我的感动　接近　爱情

青春　又再加演了一场

近景的情绪　很适合用来调光

借以酝酿　剧情的层次感

对于说故事　我还是习惯

手绘分镜的那一种温暖

透过剪接　有一些美好被快转

而缘分　也被短暂地过场

但爱过的秒数　却可以停格很长　很长

你我的青春　又再加演了一场

风景明信片

白鹭鸶　视觉上是站在田园　但风的线条并不新鲜

如同　远景中的袅袅炊烟　美好　但不能向前

可以衔接起来的味道　是有过燕子筑巢的屋檐

如同　初春潮湿的稻田　美好　但还是不能向前

当然　不是一定要有弹珠汽水的画面

其实光是四合院这句　就已经够　童年

我那在记忆中　真的真的　要求不多　的从前

在诗人的眼光里

记得那天　天空飘着蒙蒙细雨

我在找根本就已经离开这里　的你

并且轻轻地想起　你哭着说要别离

他们笑着说　这三行　字句

根本就是不入流的　遣词用语

语法上　太过浅显白话毫无凝聚力

词意上　缺乏千锤百炼的文学造诣

文字上　像中学生之间的恋爱语气

在诗人的眼光里　被不屑轻蔑地唾弃

根本　根本　就瞧不起

而在诗的国度里　则注定完全要被排挤

唉　原来有些事解释起来就是　多余

他们哪里会知道　这三行　字句

是我唯一　唯一准备要带进坟墓的

记忆

老汤姆与乔治二世

桌上已冷掉的咖啡　终于　打起呼

又开始在泛黄的记忆里　想当初

什么左翼右派　反战歌词里也没说清楚

记得不　那年披头士正悄悄崛起于利物浦

老汤姆是一名理发师　他有个叫乔治二世的老主顾

原来　不同世代的　光听名字　就已经很清楚

就别再剃了　老朋友已经够　稀疏

那些荒唐的过去　也已经　都半秃

橘　色

这个季节　是该讨论一下摘取的步骤

但　总该有个适合盛产期的橘子的穿着

譬如斗笠　艳阳　竹篓　或者说其他什么

这些要求　如同多年来合成的理由

我耐心地想再等一个转弯　再等一个经过

然后用夏天的语气问候　微笑地听你说

橘色　当年你蒙着眼　就只猜到这

而我被你触摸到的心跳　至今依然　微热

多年后

蝴蝶的标本　一如被仔细保存的风声

我说　再怎么璀璨绚烂的　缘分

也只是　那些已经呼啸而过　的我们

一刀毙命的悲伤

将真相仔细地雕琢　一刀一刀缓慢

缓慢却　线条分明逐渐立体的　悲伤

然后　再将每一行独立起来的泪光

缓慢地　缓慢地　削尖后　让你连最后的道歉

都来不及　讲

六年甲班

他的脸　像风干的橘子皮　那样理所当然地承揽起

那些很细节如国语考了几分的回忆

原来画面感指的是　一件起毛球的毛衣

荡秋千　来来回回经过的天气

在她心里　是一道带着弧度弯曲

再也　无法接近的距离

一如停止长大的　课桌椅　早已挤不下的　自己

而那些　小心翼翼温存的情绪

像越削越短的　铅笔

也因此　他一直舍不得沥干

那笔残存的泪滴　以及那笔　一直一直

毕不了业的　过去

银货两讫

有时候连自己都觉得尴尬

真的太煽情于使用文字说话

可以将我爱你形容成

风　一直眷恋着　沙

可以将分手的痛描绘成

破碎后还一直很可爱的

泥娃娃

可以将任何拙劣的表达

透过文字间接地加以美化

精准地写出客户们指定的话

譬如　他们要一只　青蛙

如果　你给我的伤口

有一个池塘那么大

我一定是那雨季过后

在干涸龟裂的河床上

却怎么也不愿意离去的

那只　青蛙

如此　不假思索信手拈来的想法

是否　就是他们所谓的　才华

或者　只是银货两讫的　商家

纯　白

当生命可以是一场笑话

当死亡都不再令人害怕

亲爱的　你知道吗　我只剩下

你在如诗的青春说过的

一句话

爱　应该就像贝壳沙　只有一种颜色

绝对干净纯白的无瑕

只是　绝对干净纯白的无瑕

笔要怎么　画

可不可以

可不可以　我不会写诗　来用文字将爱情升华

可不可以　我不懂摄影　来用镜头替生命说话

可不可以　我不会绘画　来用彩笔为青春涂鸦

可不可以　用所有我开始憎恨鄙视的　才华

交换一张　毫无瑕疵　俊俏的脸颊

在被拒绝了第十二次的那个阳光下

只有寂寞的影子　一路嘲笑着陪我回家

关在房内的崩溃它神经兮兮地咬着牙

一直念念不忘　伤口上的疤

最后　竟以死威胁神经系统传达

一个酝酿已久荒谬的　想法

就在大脑皮层还来不及反应下

崩溃已歇斯底里地将右手掌

狠狠地　整齐地　切下

黏稠的鲜血在砧板上溅出一声凄厉的回答

干　去他妈的才华

狐狸伤心

你用浅显易懂的白话疑问句

问我那是什么　东西

文法根本就不合乎　逻辑

如果用文言文的成语批评

就是　不知所云

其实　我可以赋予它意义

连狡猾无情的狐狸　都会伤心

你就知道这个打击　有多难听

有时候有意义和没有意义的混在一起

如果解释起来还听得下去

并且还能掰出一番道理　那就是一种

创意

你几乎听不下去　要我举例

我说　嗯　譬如我会永远永远爱你

这种东西

所谓的清秀

一句哎哟　跌入口语的角落

在我最最接近的小时候

有某种不被夸大污染　的难过

很清秀

她 的

总会有一条　梦中才会出现的长河　蜿蜒着

随时准备好的　还包括山丘上那些待采收的青涩

除此之外　脸颊的颜色　也被逆时针旋转着

在叮叮当当声中　青春一路后退唱着歌

风中传来一则　专属于她的　拟人化的　快乐

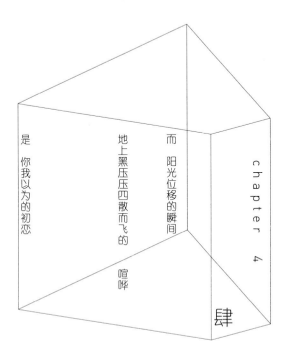

chapter 4

而　阳光位移的瞬间

地上黑压压四散而飞的　喧哗

是　你我以为的初恋

肆

十七岁那一年

麻雀声被折叠起来喂食夏天

蝉鸣　被搅拌涂抹在墙角有阴影的那一面

教室中　这二题关于回忆的随堂测验

你说　安静得　不像我们的从前

盛夏咀嚼后呕吐出的残羽血骨

应该　无比鲜艳

而　阳光位移的瞬间

地上黑压压四散而飞的　喧哗

是　你我以为的初恋

依 然

这整座春天　被暮色宠幸　包养

暧昧持续性地被喂食　关于处女尽可能地想象

季节在池中荡漾　被捞起的色温偏黄

我书写了这短短几行　试图描绘出嫩芽的口感

身后正被一笔勾销的夕阳　对青春的贪婪　依然

暧昧的颜色

木屑被刨起的香味　像极了一场彻底迷恋的情节

我自始至终唯一懊悔　来自于当初说的谎　不够纯白

　　唯美

诸如　用眼神将你喝下　然后宿醉　等等这些

夜里　我仔细雕刻鹅黄的下弦月　定制一床　打钩的

　　结尾

最终却不忍上漆　破坏记忆里　每一道有你的感觉

多年后　一直维持原状的暧昧　带有发酵后酒红色的

　　了解

你　始终是我记忆中　越陈越香的　谁

类动物化的默契

风干橘子皮　怎么也上不了　报纸头版的消息

只有　新鲜的辍学援交女　半熟的身体

才能拥有继续续杯　继续被消费的　人气

铅字新闻　对角线一向很整齐　读者们小心翼翼地
　　呼吸

是早被划分好区域　抬头看　绝对是不同的天气

所谓蓝领阶级　就该收听不同的频率

吧台旁　黑色窄裙的线条　一种很通俗的　吸引

露趾的细高跟鞋此刻　只想找对人　下盘棋

不拖泥带水　一天一集　男主角不需要连戏

类动物化的默契　在这里　继续整晚被默许

手写的触感

再具体的梦境　也只是一个人的紧张

于是　我坚持自己什么都没讲

只偷偷地在脑海里　很细节

很细节地　收藏

手写的触感　犹如欲望轻划过纸上

于是　白纸黑字地写下　这几行

我不愿承认的　对你的　种种想象

米白色

视觉　已泄露不能再多的线索

幸好理解的人不多　仅此一行的描述已足够

起码还能坚持这画面　是来自小说

继续一页页虚构　念头继续发酵并且熟透

此刻　高脚椅上的米白色　一闪而过

唉　我用字已竭力避免任何太具象　的轮廓

最后将书合上将环境布置得　很沉默

就怕　起身后　证据不停地被抖落

现在进行式

戒指　在这里是形容词

形容一种荷尔蒙的　外在举止

誓言　则被归类为副词

是某特定时空下需被配合的仪式

浪漫尽可能停格　放慢解释

因为下一页会有交配　这个关键字

所有求偶过程　都是可相互套用的故事

只是永远这个字　永远

永远都不会是　现在进行式

他们用趋光性诱捕蝶

他们用趋光性诱捕　那些慢慢冒出嫩芽的感觉

也终于　关于想象的部分都长满了　树叶

画面　被仔细地勾勒　每一笔一画都很琐碎

这森林　被阅读了所有细节　包括初春前的雨水

春天作为一种暧昧　很称职地自成一个世界

也因此　那些飞行的路线　一直一直　在迂回

一种品种日渐稀少的蝶　与爱　一起被归类

这池塘　在目视下被温热了结尾　故事至此趋近完美

氧气能见度越来越浓烈　在黑白如此分明的夜

那些光　到底又诱捕了谁　很多时候陷阱并不直接

果然　还是雌性适合了解　这无法以言语描述的一切

譬如　这玫瑰　总还是生对了　季节

无重力状态的化妆室

涂抹上唇蜜的步骤　和随机偶发的繁殖

竟有着　某种基因成分上的　神似

假睫毛脆弱的心智　一向很准时　而且准时得很精致

细腻地计算好　哪些情绪是可以被淋湿

于是乎　不抵抗者　都被归类为美食

通常是这么开始　苹果光在水银镜面上写字

挑染过的诗　极其适应这夹杂着烟熏味的食指与中指

此时　粉嫩的唇蜜继续面试　那些说谎的样子

素颜　一直被抱怨少了点什么解释

鱼尾纹拟人化后被集体丢弃　以便保持泅泳的优势

谁也无从准确地测量　有哪些微笑经过布置

这到底　卸妆后的毛细孔　能有多少故事

在无重力状态的化妆室　所有的生存　都是以隐藏的

　　方式

密闭室交易

礼貌性的嘘寒问暖　被做了过多的分场

前戏的铺陈　怎么剪接　也都嫌太过冗长

她一直以来　都使用柔焦处理　那些快感

她用她惯用的推轨方式　平行地　在说谎

被折叠起来的时间　运镜其实都不太自然

场景的灯光太强　很多关键性的情绪　都严重曝了光

她　偶尔停格数秒的悲伤　并不在脚本上

以至于分镜很凌乱　但故事始终一直在发展

残留的影像

小心背叛　小心热恋时对方口中说的喜欢

你绝对无法判断　看穿　正前方

对方微笑的脸庞　的阴影后方

隐藏着一整晚　不属于你的　狂欢

官方邮戳

阴干的表情　一再僵硬在　道歉

剥落的水泥将过去　挤压成明信片

于是　邮票的　锯齿边

不断在切割我曾信赖你的　那些画面

我　是真的真的寄不出一张

完整的　立体的　五官清楚的　笑脸

门前陌生的河

那一夜的火光　几公里远被拉长

幸福在前一秒　恬静而寻常

如今　缝补拼凑后的形状

如同门前陌生的河　让你走错地方

好多故事　被一起震碎在地上

原来易碎的　不只是门窗

一块二块三块　却怎么也凑不齐一行

亲爱的　等你回家吃晚餐

于是我们在佛前　求了　一炷香

耐心地将咒骂　哭泣　悔恨　悲伤都烧完

双手合十　求天上的你平安

天佑高雄　天佑　台湾

听妈妈的话

老式黑色的转盘电话　擅长于将毛玻璃窗上的别扭

　　旋转扩大

并且将某条延迟性的时间　持续拉长　好维系它与不

　　透光间的对话

这门里门外的两个世界　被拨慢了表达　也一直喝

　　不惯　对方的时差

橡皮筋被拉长的隐喻对象　极容易让人联想到　板擦

或许公园上的荡秋千　摇晃的弧度　不应该超越太尖

　　锐的篱笆

不是所有被拉长的争执　都可搅拌成容易恢复原状

　　的泥沙

冰箱里的洋娃娃　因为买不到打折的七分裤而拒绝

　　被溶化

老家屋檐下　被拉长的情绪还是冰冷坚硬　没有任何

　　变化

路旁蓝色的公共电话　缩短了所有该被拉长　的牵挂

我投币前的眼睛　眨也不眨　蜘蛛在上面织出了

　　细细长长　的家

核爆前

自人类向精灵背叛　魔界开始繁殖　力量

雨水　溃不成军地传唱　万物不长

北方的小麦　全部插秧在背光染血的地方

在战马践踏过的方向　就连蒲公英都开始

练习　说谎

魔界子民　高举撒旦的旌旗　继续产卵

他们邪恶地在　刚举行过婚礼的教堂

弥撒过的墙　写满关于肉体欢愉的　种种欲望

在教责任怎么　练习　死亡

远方硝烟弥漫　污辱的话像箭矢　射穿

信仰一整片一整片　剥落受伤　由热转寒

雪狼与毒蛇交配　只为了污辱白色给人的想象

练习　绝望

北极的融雪淹没赤道　最后的雨林　也被毁谤

海啸潮汐凄厉叫喊　地平线　都是腥臭的海洋

人类　最后向精灵乞求的　原谅

却在最后一场纷飞的大雪中　被厚厚地埋葬

从此　再也无需练习　怎么割除那些　腐臭流脓的

　　烂疮

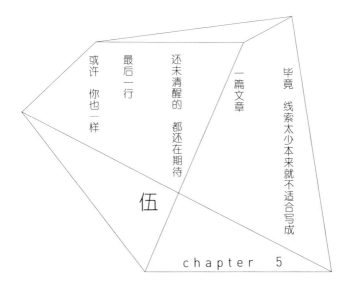

毕竟　线索太少本来就不适合写成

一篇文章

还未清醒的　都还在期待

最后一行

或许　你也一样

伍

chapter 5

诗也还在赖床

手臂上的刺青　是这整件事最无可争议的地方

他一直对不准他的沮丧　开心地放下枪

毕竟　线索太少本来就不适合写成　一篇文章

还未清醒的　都还在期待最后一行

或许　你也一样

自　卑

软弱　侧弯弓成诗

如箭矢般　射出的第一行字

就恶狠狠地带　刺

脑海里的行动艺术

骑楼的拱形红砖　墙面上巴洛克的建筑

这里所有移动过的脚步　古老得　很清楚

我跟过去亲切地　打了声　招呼

透过鱼鳞瓦看到的日出　有种宁静的幸福

木格子窗沿的洗石子　适合用灰阶描述

在一页页黑白后　我翻到一棵　新鲜嫩绿的树

远眺城市的天际线　缓缓缓缓在落幕

晒谷场上　怀旧被堆积成　金黄色的礼物

我极偏爱　这些　曾经爱过你的　温度

节日恐慌症

街道上不断涌出的情绪　用潮水般的形容

到底是过于　还是不及

贩卖机　吐出可以被贩卖的忧郁

此刻需要的　绝不是相互取暖的关系

惨白的月光　在必要的节日里

从潮水中打捞起　那些落单的秘密

糖果包装纸　被灵巧地折叠起

圣诞节前该有的距离　在霓虹氛围的世界里

过于私人不够亮眼的东西　总还是被排挤

寂寞过度劳力密集　我用一枚硬币的反面

决定　说实话的语气

原来节日恐慌症　指的就只是

一个　没有存在感的自己

有关单位

曾经的瑕疵都灵巧地　化过妆

上一季的条码　被反白字后　重新包装

而年初的公定价　他们说　忘记删　会换

执迷于设计感　外形因而厚厚被粉刷出一些时尚

衣服标签上　则一再不厌其烦地讲

怎么洗涤就是不能晒太阳　见光

原来只要将　官方用语　剪裁得宜地穿上

任何谎　都可以编辑排版得　很好看

吊

残垣断壁的浪花　散落着

黏稠的尸血　纠结的发

肿胀的身体　还在不停地长大

关掉卫星连线　的南亚

假装　什么事都没发生的我

正在听　泥娃娃

流浪狗

似乎　一定是在　旧公寓

在阳光西晒的下午　背光的墙壁

偶尔会蹿出断尾后仍在疾走的　蜥蜴

就算下一场雨　阴暗潮湿的沟渠

除了　长满苔藓的砖块下卷曲着的马陆

那些　腐叶　也看不出有什么危机

如果是在　郊区

似乎　潲水桶附近　一定很油腻

就生存而言具有某种指标性的　意义

垃圾堆塑胶袋里的　细心　寻觅

绝不亚于　消防栓　用来标示地盘的证据

只是　餐厅后巷大声怒斥吆喝　的嫌弃

对这每天上演夹着尾巴　灰头土脸的遭遇

它　开始有些不安焦虑　畏惧

如果是在　城里

铁丝套圈　直截了当的　敌意

它　对这点从来就没有怀疑地　歇斯底里

长满疥癣的皮肤病　任腐肉滋生出蛆

待遇好一点的会有　巴比妥钠盐的药剂

在冰冷的水泥地　安详地　慢慢　睡去

不过　也并不是　都是　同一出戏

听说　流浪动物之家

有我们　白白胖胖的　兄弟

唉　如果　不要四只脚地站立

下辈子会不会有比较好的　待遇

华西街

那个听说昼伏夜出的　世界

有很多廉价俗艳的胭脂味

在昏黄的暗巷　鬼鬼祟祟地交会

蛇胆　壮阳补酒的神奇疗效

与竞选标语维持着同一种地位

快炒的葱爆青椒牛肉与奶油螃蟹

与冰啤酒间的行为　似乎有些猥亵

在城市下水道错综复杂的方位

一只肥胖的家鼠利落地蹿出

在人声沸腾的街　准确地嗅出肉屑

在骑楼旁的咸酥鸡摊下　一桶油腻的潲水

叼走　我已经做好准备　大快朵颐的胃

所以我说

苹果　需要时间唱歌　否则表白会太过苦涩

他们说　需要符合餐桌礼仪后　再去品尝饥饿

让经验去互相指责　才知道什么是　不要的

烈日下的灯火　洞穴里的风车　彼此　尴尬着

如同我梦中的河　再怎么清澈　也无从解渴

让经验去互相指责　才知道什么是　对的

欲望继续保持鲜艳的颜色　咖啡则保持还想被喝掉的
　温热

被设计好有方向的快乐　不过　只是做好了选择

让经验去互相指责　你说　才知道什么叫作　割舍

借口比理由多　寂寞塞不进只有一个我　的我

判断关系的沉默　不能只相信单方面的耳朵

让经验去互相指责　狠狠地　生一场大病后等伤口

　慢慢愈合

让经验去互相指责　所以第一次　我们永远都会

　记得

蟑　螂

飞镖靶左方　有几句　不怀好意

熄了烟后　又　继续讲

角落里的窸窣声　开始自燃

橡木酒桶　持续输血给每一个　遐想

生啤酒的泡沫热络地在　嘘寒问暖

干杯声中　各自却有各自的盘算

由共鸣腔齿唇音发出的　第一声搭讪

引起角落里一连串　低声咒骂懊悔的　干

这屋子起码有一打以上的　蟑螂

磨蹭着想　交配　产卵

梦

被　折叠起来的生活

我以为　应该有入口

把焦虑尽其所能地剪下

然后　掉头就走

正慢格播放的　挫折

慢慢揣摩出来的难过

这　一整张被摊开的我

自从你走后

情　诗

如同　刘海像极了青涩

反战符号可以　是白鸽

那么　透明清澈又等于什么颜色

如此迂回蜿蜒着　竟有某种的快乐

是的　我一直都间接着对你

用文字　唱歌

稍微长大的猫

拥有白色沙滩的小岛　如同我们所知道的那些美好

此刻　被浓缩的夏天　将热恋集中在一瓶饮料

刚刚出炉的面包　如同形容词里的一种必要

此刻　对幸福的想象　就该溢出整条街道

在枝头跳跃的雀鸟　如同度假仪式般被强调

此刻　古铜色的肌肤　是一种礼貌

你不安分地撒娇　如同稍微长大的猫

此刻　我临睡前还是穿上了　毛茸茸的微笑

乡村风的笑容

我们总是不缺　彼此心里的　热闹

满装温柔的饮料　玻璃与汗水拥抱

像远方草原上　一路亲切路过的　民谣

村庄的麦穗很受宠　低头在表示感动

结实累累的苹果　恋爱的妆　很浓

而我继续哼唱　有一点乡村风的　笑容

此时

就连彩虹　也以为自己是过度美丽的龙

第一行都写着

故事第一页很自然地反射　你为我做的那些羞涩

对折了好几次的纸条　一直在等下课

一个夏季过去了　你的喜欢还在你的书包里不安着

到了第五页　你还在手写你的梦　也还在等下课

五张纸条　三罐糖果　一千只纸鹤　你还在累积你的

　　羞涩

我手的触感还是只感受到封面的温热　我们的故事也

　　还平躺着

故事第七页　除了绒毛玩具　你又加了许多忐忑

　　猜测

你继续构思到了第十页　除了巧克力　又多了一首歌

副歌是这样　唱着　所有爱的举证都在这

终于你鼓起勇气　将书交给我　去落实你的猜测

　　以及我的选择

我看到故事每一页的第一行都写着　亲爱的

喵

放不下　沉沦而迷恋的轮廓

于是　猫森林一再着火

一本　关于如何溺爱宠物的小说

急于阅读的人　不只是我

喵　一声之后　一堆抢着送上来的罐头

故事于是　被解读

骤雨后　湿闷的暧昧在玻璃上　起雾

你说　你喜欢恋情中　间接一点的描述

盆栽里的孟宗竹　初冒的嫩叶　受到整屋子的呵护

你说　你喜欢恋情中　恣意生长的幸福

花园池塘的荷叶上　随情欲滚动的水珠

你说　你喜欢恋情中　偶尔沸腾升高的温度

我说　那一年的雨季　我做了过多浪漫的解读

而最终　你却只是　我青春岁月里的　几页插图

出厂前

除了　废弃仓库里的旧报纸　能读到较为完整的故事

那些　模样太过鲜艳活泼的心事

容易被比对出　不一样的画质

在原料区被集中　回收再制

从此　再也无人认得出自己的影子

流动线上　表情的模板被不断地复制

经过严格品管后　所有的童年都很类似

连微笑的尺寸　都像同一只右手所写的字

贴上条码包装后　所有寄件者都是同一个地址

进货区里　安静待在箱子里的是

一群　还未被上色的　孩子

爱

液体要具备隐晦艰深的　对白

水分间的逻辑　必须分开

于是　眼泪要描述成

顷刻无法以言语记录的感慨

就是不能太歌词般地　直接　写爱

我　开始涨红着脸修改

刚刚那二行自以为是诗的　告白

如果　承诺是深不可测的海

我不知怎么跟你证明　我去过悬崖

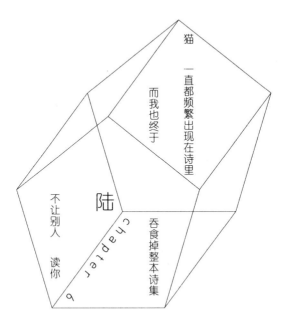

猫

一直都频繁出现在诗里

而我也终于

陆

Chapter 6

不让别人　读你

吞食掉整本诗集

宠猫日记

猫　出现在诗里

我每读一行　都极其细腻

可以检验出　你气味刚刚路过这里

猫　一直出现在诗里

我每翻一页　都屏住呼吸

深怕惊飞了你　脚步声很轻的美丽

猫　一直都出现在诗里

我每看一篇　都小心翼翼

触摸　章节中温驯如绒毛般的字句

猫　一直都频繁出现在诗里

而我也终于　吞食掉整本诗集

不让别人　读你

就因为

就因为隧道回音　于是我们深信

山坳转角处　会有一大片盛开的樱

就因为檐下风铃　于是我们深信

越过围篱　会有风一直眷恋的竹林

就因为清脆的驼铃　于是我们深信

地平线远方　会有一口甘甜的井

就因为枫叶熟透的声音　于是我们深信

这世界某角落　一定有谁在为谁弹琴

就因为在梦里　于是我恣意地翱翔如鹰

当我从悬崖向下俯瞰　速度一直一直很清醒

亲爱的　你是人群中　最美的风景

假扮的人生

戏份已经落幕的青春　还站在后台等

等下出戏的对白　如何继续扮演　我们

我默背剧本　试图先行找出　那个对的人

不该清醒的日子

继续续杯　以便　继续保持

这一整座宿醉时　才缓缓升起的城市

而我却总来不及旅行你　较为完整的样子

幸福是麦芽色

荡秋千的弧线　被许可

摇晃出一条青涩　于是我们紧抓着

那段浓郁的　黏牙的　快乐

河岸旁　所有微笑　都很清澈

此刻　有某种接近糖的味道　蜿蜒着

黏牙的　接近糖的　到底是什么颜色

于是　所有懂了的人　都开始　哼起歌

小心翼翼的思念

春光微甜　心跳洒落在你与我平行的另一边

我用来佐茶的是　与你相关的　那天

那天那段偷来的时间　我将它折叠了好几遍

藏在抽屉里面　希望一上锁就是　永远

如蜻蜓羽翼般的思念　极小心翼翼怕被听见

连喜欢这两个字的发音　我都一直很努力在避嫌

爱情经纪约

将你嘴角旁的喜欢　搅拌成炼乳口味的果酱

爱飘着浓浓的　奶香

一脸纯日系的妆　一贯粉卡哇伊的主张

爱被开了罐　就是要一口气喝完

一口气　将被亲吻过脸颊的苹果光

擦得更加闪亮　让甜蜜也泛着油光

那扎着马尾巴的牛奶糖

模样清秀得跟你对我的嘴馋　被摆放在美美的橱窗

美美地　我将我的爱情折叠包装

再把经纪约的日期放心地　签上

然后将你该给的体贴　温柔　呵护　全部都记账

再慢慢地　慢慢地品尝

孤独当然可以是一棵树

终究还是　不小心长成了心事

于是努力鲜艳着　诸如一个人也很幸福的文字

原来那些盛开的　是她不想让你内疚的样子

而最终成熟后落下的诗　或许才是

她碎了满地　再也无法完整的故事

那天　他点了一首过去式

总觉得她的诗　都是有关港口背景的一些文字

这恰恰如我咸咸的影子　以及　过期的一些心事

这样的比喻　在意想不到的地方　被悄悄复制

风干的誓言写入歌词　在不易腐化的位置

我们彼此大声唱着　我们终将　终将爱过一次

故事还温热

一滴泪　一抹笑　一段割舍　持续在人群中被选择

我在门口错身而过　目送着　那些心事下课

终于　我学会了　用特写来描述　瞬间扑火的蛾

于是　火光倒映的影子　在墙上自在地　唱起了歌

我用音乐折起纸鹤　身边好多凌空飞过的　快乐

此刻　故事还温热　于是我提笔完整了　感动的颜色

甜甜的　当然可以是你的微笑

喜欢薄荷糖　当然也喜欢

喜欢薄荷糖的　那种喜欢

或者　迂回间接用诗一般的语言讲

味觉轻触着　某种想象

于是　中枢神经系统描绘出了幸福的形状

期　限

那么就请容许我　在地上画个圈圈

给晚熟的笑脸　一个他们极其满意的期限

橘子香水是属于夏天　你也属于我的范围里面

眼神里有猫的温柔

在特别轻盈的时候

她偶尔　挥一挥猫的拳头

那轻如羽毛般　几几乎

没有任何重量的　要求

此刻　任何一个微笑

都可随时而迅速地成熟

于是　我蹑手蹑脚地给予

一整盘鱼的挥霍

带一点刺　的温柔

从此清醒了　我爱她的

这条　线索

默　片

试片前　被不断抽换掉　过多的任性

原来年轻　可以剪接得　这么干净

在十六比九的世界里　无声地上映

心中那一句　没有任何台词　的决定

亲爱的　那些一闪而过的　不是爱情

是我一格格　无法被单独欣赏的　伤心

我那无从结案的过去

只是　窗外萧瑟的秋季　适合忧郁

想象转身后　没有理由却哭着离去　很戏剧

只是　下了一整个星期的雨

电台里被点播的　都是　谁在跟谁别离

只是　我需要酝酿写作的情绪

矫情虚拟　曾爱上一个人的一段回忆

只是　我点了一根烟黏稠着某种过去

思绪飘向遥远的地方　始终　始终　无法落地

告别式

就像花属于花瓶　风属于风铃

回忆　属于一封手写的信

而离开前的落幕　属于台下的安静

当故事里的结局　已经很接近

此刻的阅读就该属于暖色系　带点恬静

翻开书页的声音很软　很柔　很轻

让所有曾经　在你的心里旅行

让所有来告别的溪流　丘陵　以及森林

合上书本后　压花成　停格的风景

再也不会　伤心

那天　我一直站在信箱前

我手里　一直颤抖紧握着

你刚刚寄还给我的　那些日子

明信片上的城市

是一行　一碰触就瞬间崩坍　再也无从阅读起的诗

那些正越过堤岸　四处蔓延的文字

是你一句句　带着泪的心事

亲爱的　再怎么婉转温柔地解释

这邮戳的日期　却始终带着刺

十一月的婚礼

悬崖峭壁上的雏菊　一如少女

是只能远远欣赏　的美丽

山谷里的蒙蒙细雨　一如相遇

是森林与山岚间初恋　的距离

长满青苔的墙壁　一如回忆

是只能慢慢酝酿滋长　的过去

月光下的潮汐　一如想你

是海浪渴望重回沙滩　的消息

将树林染红的秋季　一如诗句

亲爱的　那是我在我们交换戒指后

押着韵脚　的秘密

恋　爱

你撒小谎的表情　如雪地滴落牛奶　还是纯白

你偶尔闹闹小脾气　如常春藤俏皮地探出墙外　无害

你做错事后耍赖　如加了蜂蜜的咖啡　微甜的像枚

　　小孩

你迟到后一直对着我微笑　如午后的薰衣草田

　　一整片盛开

你吵完架后　还要我钩小指　说不许分开

如风站在岌岌可危的悬崖　对湛蓝的海　表白

我继续在诗集里　将一切的关于你　写下来

你约会时走路的样子　如夕阳在海平面上　轻快

他们说　我一定是　无可救药地　在恋爱

一种灵巧细腻的文字

要用什么　别人也懂的方式

来收藏与纪念　曾经有过的心事

以便多年后　还记得自己当时

焦虑　欣喜　绝望　幸福的样子

于是　亲爱的你　也开始写诗

谢　谢

你的文字　可以让人　会心一笑

静静在脑海中　迎风摇曳着一种　美好

关于作者

方文山 文字工作者 A 型 水瓶座

花莲出生 成长于桃园 目前定居台北

流行音乐工作者 词人是他较为贴切的身份

在专业填词工作之余 酷爱新诗创作

尝试结合歌词结构与新诗语法创作素颜韵脚诗

所谓素颜韵脚诗即是素着一张纯汉字的脸

　　诗文中不加标点符号不用外来语甚至数字

纯以诗句的断句分行来强化阅读时的文字张力

　　　　对诗句排列偏执地要求视觉上的秩序

　　认为诗文排版上的画面感也是诗的一种形式

不习惯也不擅长创作散文诗与长诗　　偏爱短诗

重要音乐奖项
入围与获奖名单

2001 ━━━━━━━━━━━━━━━━━━━━━━━━ 2015

2001 年中华音乐人交流协会年度十大单曲

《印地安老斑鸠》

2002 年中华音乐人交流协会年度十大单曲

《威廉古堡》

2004 年中华音乐人交流协会年度十大单曲

《东风破》

2005 年中华音乐人交流协会年度十大单曲

《夜　曲》

台湾第 12 届金曲奖最佳作词人奖（入围）

《娘　子》

台湾第 13 届金曲奖最佳作词人奖（得奖）

《威廉古堡》

台湾第 13 届金曲奖最佳作词人奖（入围）

《上海一九四三》

《爱在西元前》

台湾第 14 届金曲奖最佳作词人奖（入围）

《爷爷泡的茶》

台湾第 15 届金曲奖最佳作词人奖（入围）

《东风破》

台湾第 16 届金曲奖最佳作词人奖（入围）

《止战之殇》

台湾第 17 届金曲奖最佳作词人奖（入围）

《发如雪》

台湾第 18 届金曲奖最佳作词人奖（入围）

《菊花台》

台湾第 19 届金曲奖最佳作词人奖（得奖）

《青花瓷》

台湾第 22 届金曲奖最佳作词人奖（入围）

《烟花易冷》

第 25 届香港电影金像奖最佳电影主题曲（入围）

《飘　移》

第 26 届香港电影金像奖最佳电影主题曲（得奖）

《菊花台》

第 27 届香港电影金像奖最佳电影主题曲（入围）

《不能说的秘密》

第 32 届香港电影金像奖最佳电影主题曲（入围）

《刀锋偏冷》

第 42 届台湾金马奖最佳原创电影主题曲（入围）

《飘　移》

第 44 届台湾金马奖最佳原创电影主题曲（得奖）

《不能说的秘密》

第 45 届台湾金马奖最佳原创电影主题曲（入围）

《周大侠》

第 48 届台湾金马奖最佳原创电影主题曲（入围）

《阿　爸》

（京权）图字01-2015-0461

图书在版编目（CIP）数据

如诗一般 / 方文山著. -- 北京：作家出版社，2015.6
（2023.12重印）
  ISBN 978-7-5063-7797-3

  Ⅰ.①如… Ⅱ.①方… Ⅲ.①诗集–中国–现代 Ⅳ.①
I227

  中国版本图书馆CIP数据核字（2015）第017808号

如诗一般

作　　者：方文山
责任编辑：苏红雨
装帧设计：孙惟静
出版发行：作家出版社有限公司
社　　址：北京农展馆南里10号　　邮　　编：100125
电话传真：86-10-65067186（发行中心及邮购部）
　　　　　86-10-65004079（总编室）
E-mail:zuojia@zuojia.net.cn
http://www.zuojiachubanshe.com
印　　刷：三河市北燕印装有限公司
成品尺寸：130×210
字　　数：30千
印　　张：7
印　　数：33001-36000
版　　次：2015年6月第1版
印　　次：2023年12月第4次印刷
ISBN　978-7-5063-7797-3
定　　价：36.00元